世界文学之都

南京

阿槑 绘

南京出版传媒集团
南京出版社

U0957774

图书在版编目（CIP）数据

世界文学之都南京 / 阿槑绘 . -- 南京 : 南京出版社 , 2024. 8. -- ISBN 978-7-5533-4850-6

Ⅰ . I209.953.1-49

中国国家版本馆 CIP 数据核字第 20246ZL690 号

书　　名： 世界文学之都南京
作　　者： 阿槑
出版发行： 南京出版传媒集团
南 京 出 版 社
社址：南京市太平门街53号　　邮编：210016
网址：http://www.njcbs.cn　　电子信箱：njcbs1988@163.com
联系电话：025-83283893、83283864（营销）　025-83112257（编务）

出 版 人： 项晓宁
出 品 人： 卢海鸣
责任编辑： 崔龙龙
装帧设计： 南京玲珑天文化发展有限公司
责任印制： 杨福彬

印　　刷： 南京顺和印刷有限责任公司
开　　本： 710毫米×1000毫米　1/16
印　　张： 9
字　　数： 76千字
版　　次： 2024年8月第1版
印　　次： 2024年8月第1次印刷
书　　号： ISBN 978-7-5533-4850-6
定　　价： 48.00元

用微信或京东APP扫码购书

用淘宝APP扫码购书

序言

南京自然环境优越，文化积淀深厚，历代名人辈出，是闻名中外的历史文化名城，享有“六朝古都”“十朝都会”的美誉。2019 年 10 月 31 日，联合国教科文组织宣布南京入选“世界文学之都”，南京从此又多了一张含金量十足的世界级文化名片，令人欣喜不已。

在竞争激烈的“申都”过程中，南京缘何能够脱颖而出，摘得这一桂冠？对于大多数人而言，他们对南京的了解和认识更多停留在“古都”这样的政治层面，实际上南京的文学传统同样源远流长。昔日的“天下文枢”名号已然昭示了南京自六朝以来长盛不衰的文学脉络、灿若星河的文学名家、传而不朽的文学成就和高雅多元的文学活动。而这种对于文学的期待与热情并没有随着时间的流逝而减弱，今天的南京正以一种更加开放和包容的姿态，迎接和见证着城市与文学之间更加亲密的拥抱。据相关统计，目前南京的图书出版、文学奖项、全民阅读、特色书店等在全国均处于领先地位。古往今来，这座城市的发展与文学的相生相伴和紧密融合，正是其“申都”成功的最大底气与优势。

“申都”成功并不意味着“文学之都”创建工作的结束，在这样一份莫大的荣誉和责任面前，还有许多重要的工作需要完成。当前，南京正在全面建设人民满意的社会主义现代化典范城市，如何用好“文学之都”品牌，服务城市可持续发展和国家发展战略，有很多问题值得我们思考。怎样做到更好地宣传和推介“文学之都”南京，使人们对这座城市产生更多的认同和自豪；进而在此基础上，向世界展示中华文明和中华优秀传统文化，促进“中华文化走出去”；最终实现中外文化的交流互鉴，达到维护文化多样性的目的。

基于以上思考，我们组织编写了《世界文学之都：南京》一书及同名绘本，展示南京“申都”的来龙去脉、“文学之都”的历史源流与当代风采，以及“文都南京”的标志性 IP，使之成为阅读“文都南京”必不可少的“入门书”和“宝藏书”。这两本书的编写虽然只是南京“文学之都”建设中的一小步，但我们相信汇聚起这样坚实的一小步，未来的“文学之都”殿堂必将无比辉煌。

毕飞宇

（作者系中国作家协会副主席、江苏省作家协会主席，申创顾问）

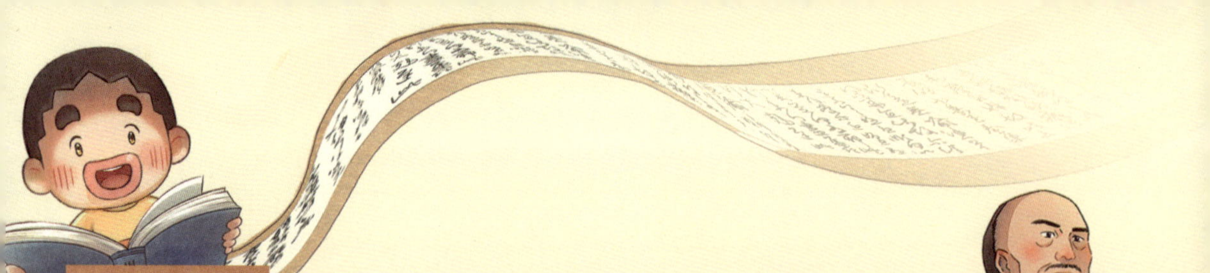

目录

壹 世界文学之都

贰 文都的“大咖”们

叁 经典永流传

肆 文教中心的风华

澳大利亚墨尔本

波兰克拉科夫

美国西雅图

南京

世界文学之都

英国诺丁汉

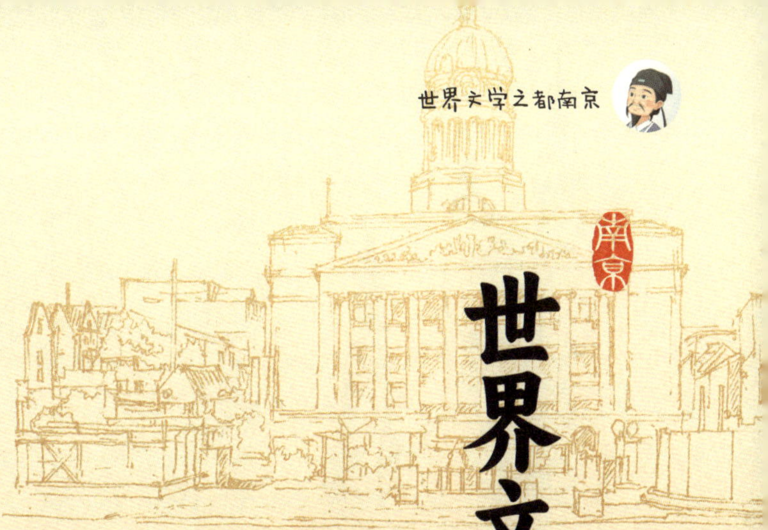

英国诺利奇

中国南京

波兰克拉科夫

英国爱丁堡

什么是世界“文学之都”？

“文学之都”是联合国“创意城市网络”授予某些“创意城市”的七大主题荣誉称号（文学之都、音乐之都、电影之都、设计之都、民间艺术之都、媒体艺术之都、烹饪美食之都）之一，着力促进全球创意产业发展。

获得世界“文学之都”称号的，包括英国爱丁堡、诺利奇、诺丁汉、爱尔兰都柏林、波兰克拉科夫、德国海德堡、澳大利亚墨尔本、美国西雅图、中国南京等城市。南京成为中国第一个获此称号的城市。

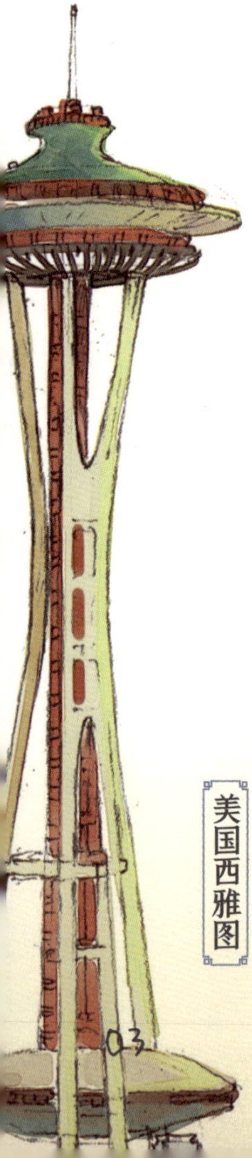

美国西雅图

德国海德堡

爱尔兰都柏林

澳大利亚墨尔本

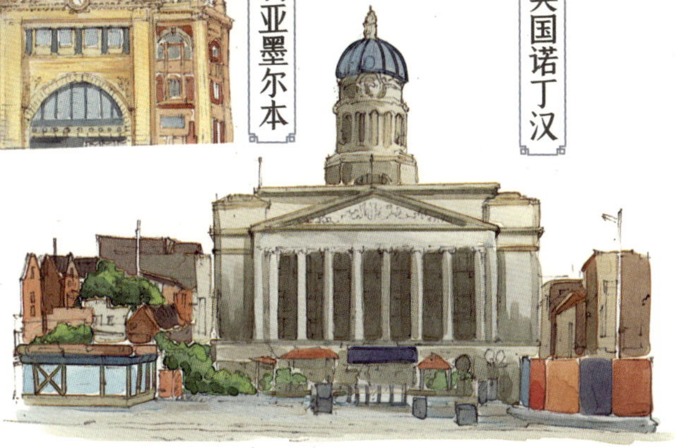

英国诺丁汉

中国南京

英国诺利奇

中国首个世界“文学之都”——南京

南京是中国四大古都之一，是一座文学之城。中国历史上第一个“文学馆”、中国第一部诗歌理论和批评专著《诗品》、第一部文学理论和批评专著《文心雕龙》、第一部儿童启蒙读物《千字文》、现存最早的诗文总集《昭明文选》等均诞生在南京。

南京是一座创作之城、传播之城。全世界有 60 多种外国文学作品在南京翻译成中文，全中国有一万多部文学作品与南京相关，也涌现了一批在海内外具有影响力的古今名家名作，还拥有一系列在全国具有广泛影响的文学期刊。同时，南京也是中国传统文学名著走向世界舞台的桥头堡。20 世纪 60 年代初，“南京出品”的全本翻译《红楼梦》译本被认为是该书最好的英译本。

辛弃疾
李白
李煜
袁枚

南京

文都的「大咖」们

刘禹锡

余光中

千古风流桃叶歌——王献之

家住夫子庙南边乌衣巷的王献之，是“书圣”王羲之的第七子。他充分遗传了父亲优秀的书法才能，年纪轻轻就闻名江左。

风景秀美的秦淮河、青溪一带，成了王献之和兄弟们嬉戏玩耍之地，他们经常一起踏春赏秋。也是在此，他邂逅了秦淮佳丽——桃叶。

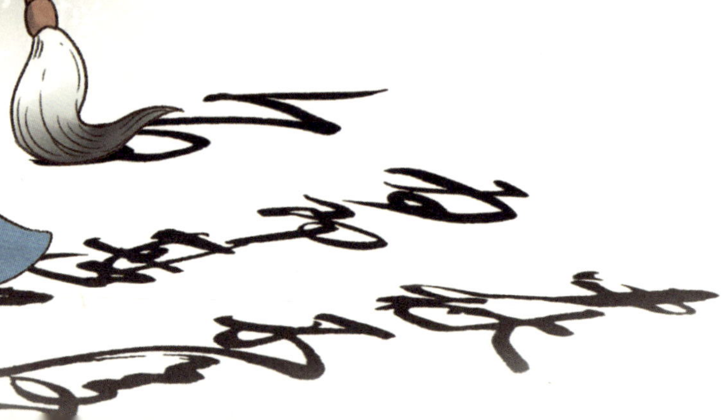

王献之初遇桃叶

你和桃叶姑娘是怎么认识的呀？
那还得从我买下这桃形名砚说起。

这本是我家砚台，但因家道中落，父亲只好卖掉祖传砚台，如今父亲卧床不起，我只能以卖扇为生。

我替你在团扇上书写诗句，或许能多卖几个钱。

公子便是书法家王献之吗，小女子倾慕已久！
正是，多谢姑娘抬爱。
你们考虑过我的感受吗？

桃叶复桃叶

王献之娶了桃叶以后，桃叶每每外出，王献之都会亲自去渡口接送。那时候南浦渡口的秦淮河，水阔浪大，时常发生翻船事故。为了安抚桃叶，王献之便吟唱了《桃叶歌》三首：

王献之

桃叶复桃叶　桃树连桃根

相怜两乐事　独使我殷勤

王献之

桃叶映红花　无风自婀娜

春花映何限　感郎独采我

王献之

桃叶复桃叶　渡江不用楫

但渡无所苦　我自迎接汝

听到心上人献给自己的歌，桃叶惧意全无，回之三首《答王团扇歌》：

答王团扇歌

桃叶

七宝画团扇，灿烂明月光。
与郎却暄暑，相忆莫相忘。

青青林中竹，可作白团扇。
动摇郎玉手，因风托方便。

团扇复团扇，持许自障面。
憔悴无复理，羞与郎相见。

这一唱一和，王献之和桃叶成了建康（今南京）街谈巷议的话题，渡口也随之名声大噪，被改名为桃叶渡。从此，桃叶渡成了爱情的港湾。

有情无不知望乡——谢朓

给南京奉献了“江南佳丽地，金陵帝王州”这条钻石级广告词的谢朓，是何许人也？

刘宋大明八年（464），谢朓出生于京师建康，本是贵胄子弟，却因家族卷入所谓的范晔“谋反”案，家道中落。从此振兴家门、起码维持家门不坠的重任，完全落在了谢朓一人肩上。

然而，在政治方面，谢朓堪称失败者，他缺乏周旋于政坛的基本技能，最终丧命于政坛。

谢朓的家国梦

谢先生，您知道吗？在1500年后的2006年，“江南佳丽地，金陵帝王州”入选了南京的城市名片。
江南佳丽地
金陵帝王州
为什么会挑选这一句呢？

这一句既透露着一股烟水江南的自豪、一种龙蟠虎踞的霸气，也表达着南京人的文化自信和人生追求。
你这夸得我都不好意思了！

您当时的创作背景是什么呀？
那是我28岁离开南京所作，这首诗既是对郡王萧子隆的祝颂，也代表了我激昂的政治热情！

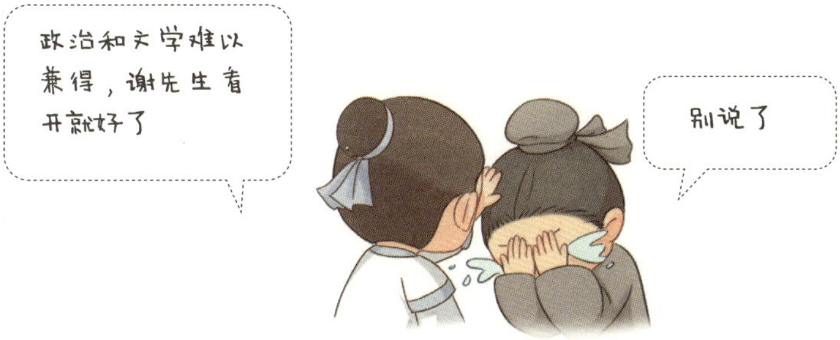
政治和文学难以兼得，谢先生看开就好了
别说了

情有独钟诵金陵——李白

李白与南京的渊源

李白曾在给安州裴长史的书信中说：“白本家金陵，世为右姓”，竟然说自己祖籍是金陵，后来才流落外地的。当然李白这样写，很有可能是句戏言，但李白着实喜欢金陵，先后创作了 59 首与金陵有关的诗。

李白的远游

我已经读完了大部分诸子百家典籍

哇，太厉害了，你才十岁！

但是我爸爸是商人，商人子弟是没有资格参加科举考试的，除非走推荐这条路。但是被推荐人学问必须扎实，能力必须全面。
放心吧李白，你爸爸知道念书和游学同样重要，他准备送你去大明寺读书和学剑。

阿槑，我要走了，我父亲让我去周游世界，遍访高士名流，了解各地的风土人情。

第一次来到金陵的李白，被一位思念丈夫的女子触动，写下了饱含深情的《长干行》，歌颂青梅竹马的爱恋。

"床前明月光，疑是地上霜。举头望明月，低头思故乡。"这是李白，在金陵散尽千金后，于旅馆中病倒时，对家乡的思念。

37岁左右，李白再次来到金陵。此时，他已结婚了。

后来他离开南京时，酒肆里挤满送行的年轻人。这种友情让李白大为感动，即兴写下了那首非常有名的《金陵酒肆留别》

金陵酒肆留别

李白

风吹柳花满店香
吴姬压酒唤客尝
金陵子弟来相送
欲行不行各尽觞
请君试问东流水
别意与之谁短长

李白的纸短情长

57岁的李白因涉“永王之乱”而被捕入狱。特赦后，一直在江南地区漂泊。李白在金陵听说李光弼领大军讨伐史朝义叛军，觉得这是他最后一次为国效力的机会。

61岁的李白拿起剑，全副武装，从南京出发；没想到因年老体弱，途中生了大病，只好折返。他非常难受，谢绝了好友的挽留，也向他深爱的金陵告别。

李白去世后，谷氏族人立志为其守墓，至今已1200年，传至第49代谷常新先生。他依旧恪守先祖对李白的承诺，真是了不起！

登金陵凤凰台

李白

凤凰台上凤凰游，凤去台空江自流。
吴宫花草埋幽径，晋代衣冠成古丘。
三山半落青天外，二水中分白鹭洲。
总为浮云能蔽日，长安不见使人愁。

宿白鹭洲寄杨江宁

【节选】

李白

朝别朱雀门，暮栖白鹭洲。
波光摇海月，星影入城楼。

长干行【节选】

李

郎骑竹马来，绕床弄青梅。

同居长干里，两小无嫌猜。

日晚乘醉【节选】

李

昨玩西城月，青天垂玉钩。

朝沽金陵酒，歌吹孙楚楼。

金陵酒肆留别

李

风吹柳花满店香，吴姬压酒唤客尝。

金陵子弟来相送，欲行不行各尽觞。

请君试问东流水，别意与之谁短长。

李白的金陵游学图

李白一生中来南京多少次已无法考证，长干里、凤凰台、白鹭洲、石头城、朱雀门、秦淮河、钟山、雨花台、冶城、玄武湖等等，都有他的游迹。

刘禹锡

唐朝　字梦得

有“诗豪”之称

存世著作

《刘宾客集》

魂牵梦萦是金陵——刘禹锡

不见金陵，却写金陵

刘禹锡自幼生长在江南，后来仕途坎坷，却从未到过金陵，此事他一直耿耿于怀。直到做了和州刺史，金陵近在咫尺，向往之情，可以想象。长庆五年（825）某日，有客至陋室，向刘禹锡呈示所做《金陵五题》，一下勾起了他多年来对金陵的无限情思，遂以《金陵五题》为意，欻然展纸，一挥而就。

来自白居易的点赞

乌衣巷

刘禹锡

朱雀桥边野草花　乌衣巷口夕阳斜
旧时王谢堂前燕　飞入寻常百姓家

台城

刘禹锡

台城六代竞豪华　结绮临春事最奢
万户千门成野草　只缘一曲后庭花

石头城

刘禹锡

山围故国周遭在　潮打空城寂寞回
淮水东边旧时月　夜深还过女墙来

生公讲堂

刘禹锡

生公说法鬼神听 身后空堂夜不扃

高空寂寥尘漠漠 一方明月可中庭

江令宅

刘禹锡

南朝词臣北朝客 归来唯见秦淮碧

池台竹树三亩馀 至今人道江家宅

刘禹锡的好友白居易在读罢《金陵五题》后，称赞满满，尤其对“潮打空城寂寞回”一句推崇备至。

遇见金陵，百感交集

宝历二年（826）秋，刘禹锡奉调回洛阳的途中，舟过江宁，喜不自胜，多年夙愿，今日得偿。登岸后，他便四处寻游金陵胜迹。除《金陵五题》所涉名胜外，还专门游览了南朝寺庙、东山檀城等。他一路观赏风景，感慨人生，复作诗四首。

为今牛首山撰写

太和三年（829），刘禹锡凭深厚学术功底，撰写了《牛头山第一祖融大师新塔记》，将牛头禅发祥地牛头山（今南京牛首山）的开山祖师法融的生平事迹备述其中，堪称完美。

台城怀古

清江悠悠王气沉
六朝遗事何处寻
宫墙隐嶙围野泽
鹳鸦夜鸣秋色深

金陵怀古

潮满冶城渚
日斜征虏亭
蔡洲新草绿
幕府旧烟青
兴废由人事
山川空地形
后庭花一曲
幽怨不堪听

欢歌哀思寄故国——李煜

继位前，万顷波中得自由

李煜（937—978），字重光，初名从嘉，是南唐中主李璟的第六个儿子。李煜天资聪颖，博览典籍，青少年时期全然无心国事，以艺术家自我期许。

李煜的梦想

你这么聪明，不学点政事不可惜么？
没关系，还有五个哥哥罩着呢，我就想安心实现自己的梦想！
那么请问，你的梦想是什么呢？
隐居钟山，闲云野鹤。我写的词呢，都能流传后世。

万般皆是命

但“无心插柳柳成荫”，其后，家中哥哥皆身故，帝位意外落到了李煜的头上。建隆二年（961），父亲中宗李璟过世，李煜被命运裹挟，在金陵登基。

宫廷生活是奢华的，李煜在一首《浣溪沙》词中记述道：

浣溪沙

李煜

红日已高三丈透

金炉次第添香兽

红锦地衣随步皱

佳人舞点金钗溜

酒恶时拈花蕊嗅

别殿遥闻箫鼓奏

李煜在国事上少有振作，但求苟安。当政期间，对外一味讨好，对内偏听偏信，辜负了身上的责任，南唐覆灭的命运已然不可逆转。

开宝八年（975），宋兵攻克金陵，李煜奉表出降。三日后，他携阖族三百余口北上汴梁。离别之际，李煜回头遥望巍巍钟山、壮丽帝居，黯然伤怀。

被囚后，垂泪对宫娥

李煜于汴梁面见大宋皇帝后，受封“违命侯”，并被软禁。从一国之君到阶下之囚，从极乐到极悲，他的词作一改前期的奢靡愉悦，充满了哀叹、悲鸣与绝望，写出了另一重境界，也成就了“千古词帝”。

破阵子

李煜

四十年来家国 三千里地山河 凤阁龙楼连霄汉 玉树琼枝作烟萝 几曾识干戈

一旦归为臣虏 沈腰潘鬓消磨 最是仓皇辞庙日 教坊犹奏别离歌 垂泪对宫娥

家国不在，前途未卜，最后等待我的又是什么呢？
别难过，你的词定会千古流传，你的梦想也算完成了一半。

眼前唯见钟山云——王安石

“金陵市长”之路

南京人多知王安石与南京渊源颇深，曾三次担任南京当时的最高行政长官。城东的“半山园”，便是王安石的故居。

王安石自幼聪颖，酷爱读书，常随父亲宦游各地，接触现实。其文章立论高深，有移风易俗、重整河山之志。

宋真宗天禧五年（1021）秋冬之交

王安石出生了。

景祐四年（1037）

16 岁的王安石随父入京，以文结识曾巩，亦获欧阳修赞赏。

景祐五年（1038）

王安石的父亲调任江宁通判，全家迁至金陵。

庆历二年（1042）

王安石高中进士，从此步入仕途。他以天下为己任，敢作敢为，初显政绩。

皇佑三年（1051）

而立之年的王安石任安徽舒州通判，尽心竭力，治绩斐然。当时，宰相文彦博、欧阳修等人皆举荐他，被王安石推辞不受。

嘉佑三年（1058）

王安石被任命为三司度支判官。他作万言《上仁宗皇帝言事书》，提出改革主张，无奈被“留中不发”。

嘉佑八年（1063）

王安石母亲病逝，遂借机辞官回江宁守丧。

治平四年（1067）

宋神宗即位，起用王安石为江宁知府。从此，他深得神宗器重。

熙宁二年（1069）

王安石入朝任参知政事，次年拜相主持改革，力图富国强兵，史称“王安石变法”。

熙宁七年（1074）春

天下大旱，百姓流离。朝中反对变法者趁机力谏，宋神宗倍感压力，无奈罢免王安石，改任其为观文殿大学士、知江宁府。

熙宁八年（1075）二月

王安石再次拜相，重启变法，但更加举步维艰。

熙宁九年（1076）

王安石因变法派内部矛盾以及长子病逝，心灰意冷，辞去相职，归隐江宁。

元祐元年（1086）四月

王安石在南京病逝，享年 65 岁。

文学家王安石

王安石的文学成就，卓然而立，堪称大家。其文论点鲜明、逻辑严密，说服力强，尤其他的短文，简洁精悍，世称“王荆公体”。

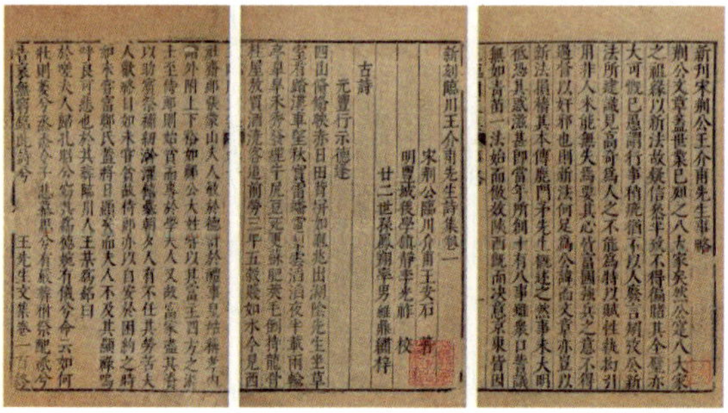
新刊宋荆公王介甫先生事略
新刻臨川王介甫先生詩集卷一
古詩
元豐行示德逢

王安石与苏轼同朝为官，同时名列“唐宋八大家”，皆是品行端正、胸怀宽广之人。他们虽然政见相左，但在文学上却惺惺相惜。

王安石病逝后，葬于钟山南麓东三里，原宝公塔与草堂寺之间。明初，钟山南麓独龙阜玩珠峰被朱元璋选为陵寝之地后，王安石及家族墓亦被迁移。

王安石词，今存二十余首，其中《桂枝香·金陵怀古》被广泛认定为上乘之作：

桂枝香 金陵怀古

王安石

登临送目 正故国晚秋 天气初
肃 千里澄江似练 翠峰如簇
归帆去棹斜阳里 背西风 酒旗
斜矗 彩舟云淡 星河鹭起 画
图难足
念往昔 繁华竞逐 叹门外楼头
悲恨相续 千古凭高对此 漫嗟
荣辱 六朝旧事随流水 但寒烟
衰草凝绿 至今商女 时时犹唱
后庭遗曲

虎踞龙盘何处是——辛弃疾

人生三喜，皆起南京

辛弃疾，原字坦夫，曾破其姓“辛”字而自号“六十一上人”，后改字幼安，别号“稼轩居士”，宋高宗绍兴十年（1140）五月十一日生于山东历城（今济南），当时属于金国境内。

建康是当时对金作战的重地，也是许多主战派大臣心中的迁都之地，辛弃疾也是其中之一。辛弃疾对南京有着特殊的情感，他在南京任职期间，不仅完成了组建家庭的人生大事，而且开始系统地梳理抗金策略，表达军事看法，抒写报国壮志。

乾道四年（1168），辛弃疾出任建康通判，南京成了辛弃疾充分展示自己能力和才华的舞台。当时聚在南京的一批官员，都和辛弃疾一样渴望复国。这批志同道合的朋友，在他坚定北伐的立场中，起到了支持和鼓励的作用。

众多诗词，皆创作于南京

金陵赏心亭，历代文人墨客称颂吟咏，其中，辛弃疾三登三吟，最为著名。

特别是第三次，辛弃疾登上赏心亭，写下传唱千古的名作《水龙吟·登建康赏心亭》：

水龙吟 登建康赏心亭

辛弃疾

楚天千里清秋 水随天去秋无
际 遥岑远目 献愁供恨 玉簪
螺髻 落日楼头 断鸿声里 江
南游子 把吴钩看了 栏杆拍遍
无人会 登临意
休说鲈鱼堪脍 尽西风 季鹰归
未 求田问舍 怕应羞见 刘郎
才气 可惜流年 忧愁风雨 树
犹如此 倩何人唤取 红巾翠袖
揾英雄泪

伤心千载秦淮月——萨都剌

纵观历代王朝起伏更迭之间，总会有诗人抒发今不复昔的惆怅。而金陵，做为怀古诗史上的“常客”，几乎成为无数文人追忆的首选对象。继唐宋之后，金陵怀古诗在元朝迎来它的新一代诗人——萨都剌。

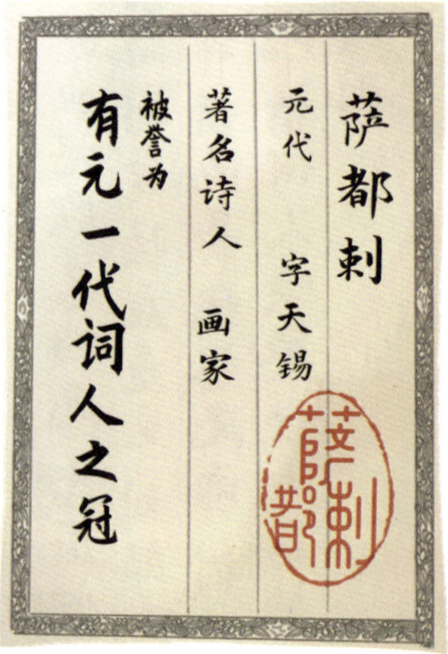

元至顺三年（1332）萨都剌出任江南诸道行御史台掾史，移居金陵。在金陵游玩时，他纵横求索实地考察南京情况、遍访六朝故迹，书写了一曲曲发自内心的咏叹。

惆怅咏叹在金陵

元代的曲很流行，而词不发达，萨都剌却能独占鳌头。他的词颇有特色，文辞雄健，清丽俊逸。其中，最能托物寄情、借古喻今的，即为悲壮肃穆、意境感人的《满江红·金陵怀古》和《念奴娇·登石头城》。

《满江红·金陵怀古》是萨都剌的代表作，这首词创作于元朝末年，此时元帝国早已不复当年雄风，国内矛盾尖锐，农民起义频发，统治岌岌可危。金陵虽不是元朝的都城，但却是元文宗图帖睦尔的“龙兴之地”。萨都剌在写这首词作时，元文宗应该已去世，他死后，元朝更是一日不如一日，诗人才会有如此凄怆悲凉的感慨。

满江红 金陵怀古

萨都剌

六代豪华 春去也 更无消息 空怅望
山川形胜 已非畴昔 王谢堂前双
燕子 乌衣巷口曾相识 听夜深 寂寞
打孤城 春潮急
思往事 愁如织 怀故国 空陈迹
但荒烟衰草 乱鸦斜日 玉树歌残秋
露冷 胭脂井坏寒螀泣 到如今
只有蒋山青 秦淮碧

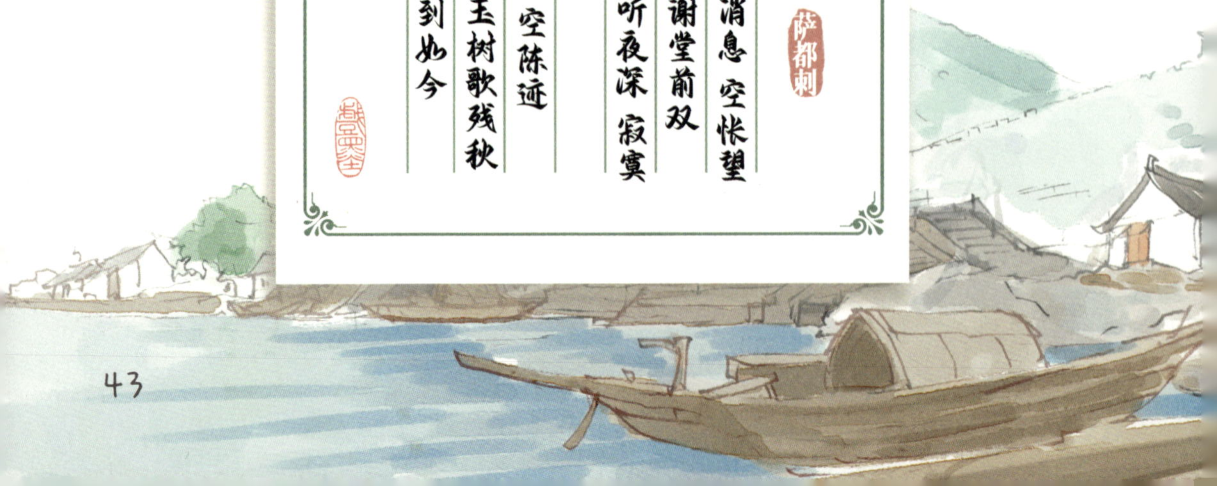

《满江红》在借鉴古人的基础上写出了新意，诗人虽从六朝入笔，但整体的思想情感已超越对于一个时期、一个地域的范畴。这首词并不对具体的历史事件和历史人物作出政治或道德的评判，而是抒写出一种深重的历史失落感，以自然宇宙的永恒不变，映衬出人生短促如过眼云烟的可悲和无奈。

在这一意义上，萨都剌的诗词已经扩展了金陵怀古诗的边界，以贯通时空的高度，升华了这一题材的内涵。

传道授业天地心——宋濂

别开生面的歌功颂德——《阅江楼记》

在南京狮子山巅、阅江楼畔，矗立着一块全国最大的汉白玉碑刻。碑上镌刻有明代大学士宋濂的传世之作《阅江楼记》，此文更是被选入了《古文观止》。阅江楼，也因此声名远播，成为古今中外文人墨客向往之地。

最初，阅江楼由朱元璋亲自选址、规划、命名。不仅如此，朱元璋自己也为这座尚未建成的楼宇，题写了《阅江楼记》，并动员宋濂等身边文臣写了多篇同名文章。天子令下，众臣岂敢怠慢。然而，朱元璋在楼记完成、打了地基后，又突然决定停建阅江楼。因此六百年来，阅江楼一直有记无楼。1997 年，阅江楼被批准建造，2001 年 9 月才正式竣工建成。

朱元璋的“首席顾问”

宋濂自幼多病，且家境贫寒，但他聪敏好学，号称“神童”，精通《五经》。他一生都在努力学习，“自少至老，未尝一日去书卷，于学无所不通”。

明初时，宋濂受朱元璋礼聘，应诏赴南京。在这里，宋濂的仕途真正起航。他主修《元史》，为太子朱标教授“五经”，官至翰林学士承旨、知制诰，当时的朝廷礼仪也多为其制定。

受益终生的励志名篇——《送东阳马生序》

宋濂为“明初诗文三大家”之一，与刘基均以散文创作闻名，“并为一代之宗”。他坚持散文要明道致用、宗经师古，强调“辞达”，注意“通变”，要求“因事感触”为文。

明洪武十一年（1378），宋濂告老还乡的第二年，应诏到应天府（今江苏南京）朝见。同乡晚辈马君则前来拜访，宋濂写下了著名的《送东阳马生序》赠之。

此篇序里，宋濂生动描述了自己早年借书求师的艰辛，以及在饥寒交迫中奔走求学的痛苦。同时，他还巧妙地将这些经历与太学生享有的优越条件进行了对比，以勉励青年人珍惜现有良好的读书环境，专心治学。他这篇感人至深的劝学文被选入教科书，也启发了无数当代学子。

动动手 一起集章吧

小朋友，你知道有哪些写南京的诗句吗？

一生著述皆于此——袁枚

清代著名文学家袁枚（1716—1798），字子才，号简斋，原号存斋，世称随园先生，晚年自号仓山居士、随园老人等。

袁枚一生淡泊名利、进退自如。他辞官后，归隐南京，精心修筑随园，并开始编撰其影响最大的著作——《随园诗话》。

此书是袁枚“性灵说”的主要载体，一方面对“性灵说”做了理论上的阐释，另一方面选录了大量符合“性灵说”理论要求的诗歌作品进行印证，通俗易懂，广受亲睐，被公认为继叶燮《原诗》之后清代最富学术价值的诗话著作。

现今南京师范大学的随园校区，即为袁枚的随园旧址。

古代饮食指南《随园食单》

作为美食家的袁枚，还倾四十余年饮食经历写成了《随园食单》。此书是清代一部系统地论述中国烹饪技术和南北菜点的重要著作，是中国饮食文化集大成者。

这本书几乎汇聚了中华餐饮界的全部要点，内容丰富，分门别类，有须知单、戒单、海鲜单、江鲜单、特牲单、杂牲单、羽族单、水族有鳞单、水族无鳞单、杂素菜单、小菜单、点心单、饭粥单、茶酒单十四个部分，包含了从十四世纪至清乾隆中叶的三百余种经典菜式。

梨撞虾
王太守八宝豆腐
鲜茴香烤雪花牛肉
红煨肉
葫芦鸭

求学南京向世界——鲁迅

鲁迅，是中国近代伟大的文学家、思想家、革命家、教育家、民主战士，新文化运动的重要参与者，中国现代文学的奠基人之一。他从南京的江南矿路学堂起步，一生探求着救国救民的真理。

鲁迅（1881 年 9 月 25 日—1936 年 10月 19 日），原名周樟寿，后改名周树人，出生于绍兴。代表作：《呐喊》《阿 Q 正传》《狂人日记》《朝花夕拾》……

以文艺之笔 书写精彩未来

鲁迅人生路坎坷，祖父因科场作弊案入狱，父亲患病而亡，从此家道中落，也因此遭遇了不少冷眼和欺侮，过早体验到了人生艰难和世态炎凉。1898 年，他带着母亲给的八元川资离开绍兴，来到南京求学，并先后考入江南水师学堂和南京矿路学堂。

江南水师学堂如今仅残留一座西洋巴洛克建筑风格的门楼，顶额写着“海军部”三个字。

1899 年至 1902 年，鲁迅在南京矿路学堂度过了三年多的求学时光，是他人生的重要转折。

如今南师附中是全国唯一校园内建有鲁迅纪念馆的中学。

代表作：
《啼笑因缘》《春明外史》
张恨水
（1895年5月18日－1967年2月15日）
原名张心远
安徽安庆潜山市人
代表作：
《纸醉金迷》
代表作：《金粉世家》

金陵梦入桃花源——张恨水

张恨水，笔名取自南唐后主李煜《相见欢》中“自是人生长恨水长东”一句，是中国章回小说代表作家，被尊称为现代文学史上的“章回小说大家”。

1936 年初，41 岁的张恨水从上海来到南京，这是他人生中的一次变轨，对其文学创作而言，也是一次重要转折。在此之前，他的都市桃源梦一直空悬，直到进入南京这座潜藏乡土与诗意特质的城市，才找到那块契合的试验田。可惜一年多后，他因病不得不离开南京撤往重庆。

壮志凌云——创办《南京人报》

尽管只是短暂寓居，但在南京期间，张恨水倾尽所有积蓄，和友人一起创办了《南京人报》。经过两个月的筹备，在中正路（位于今中山南路）租下了两幢小洋楼（后来扩充为三幢），先后买了四部平版机，在《立报》铸了几副铅字，就开张了。

在那个风雨飘摇的年代，张恨水亲力亲为，全身心投入到报社建设中。报社同仁也是上下一心、同甘共苦，因此办得如火如荼，创造了报业传奇。

以文怀城

离开南京后的短短数年，张恨水又接连创作了《丹凤街》《秦淮世家》《石头城外》《大江东去》等多部以南京为背景的小说，甚至在其散文集《两都赋》中，将同为古都的北京与南京相提并论，追忆着南京的山水风月、杨柳姿态，写尽了对于南京这座城市的悠然神往与思乡之情。

在南京的市井生活

张恨水不喜欢上海的声色犬马与纸醉金迷，反而喜欢南京秀丽宁静的风景和悠然自得的市井生活。他会独自寻访散落在南京的古朴角落，感受水汽氤氲里市民阶层的烟火生活。

计划一

日暮时分，往城南，经新街口花牌楼到夫子庙，邀三五好友在老万全喝啤酒，吃地道的南京菜。

酒足饭饱，躺在河厅栏杆边的藤椅上，喝着茶，嗑着瓜子，迎水风之徐徐，望银河之耿耿，感受“六朝烟水气”。

计划二

抑或经湖北路北段，走过一条小马路，穿过竹林，绕一个弯儿到丁家桥。

随性而至，泡一壶清茶，切两角钱盐水鸭子，包五分钱椒盐花生米，买两三个朝排子烧饼，饱啖一顿。

桨声灯影叙旧梦——朱自清

朱自清（1898 年 11 月 22 日—1948 年 8 月 12 日），原名自华，号实秋，后改名自清，字佩弦，中国现代散文家、诗人、学者、民主战士。他的成名作之一是关于南京的长篇散文《桨声灯影里的秦淮河》。这篇散文是近代颇负盛名的南京游记之一，塑造了南京的经典形象。

南京的旅行笔记

朱自清全面的南京旅行笔记《南京》发表于 1934 年，文中对鸡鸣寺、台城、玄武湖、清凉山、莫愁湖、夫子庙、明故宫、雨花台、中山陵等十余处新旧名胜娓娓道来，并最后小记数种南京吃食。

中国式父子情

朱自清和南京的故事，不得不提他的成名篇《背影》，文中背景发生在南京浦口火车站，是他 1925 年创作的追忆性散文，虽只有一千五百字， 却有感人至深的力量，是中国式父子情的象征。

这篇散文回忆了当年家里祸不单行时，父亲仍亲自去火车站为北上求学的朱自清送行，并跨过车站月台去买橘子的情景，让朱自清感慨万千。语言朴素自然，表达深刻细腻，展现出了亲情的纯美，让每个时代的读者都能产生共鸣。

青春无悔少年时——巴金

巴金（1904 年 11 月 25 日—2005 年 10 月 17 日），原名李尧棠，祖籍浙江嘉兴。他是文坛泰斗，一代名流，也是具有国际影响力的百岁老人、大作家。

巴金出生于四川的官宦人家，从小就读书识字，后来考入南京东南大学附中，此处成为他人生的重要驿站之一。

在南京东南大学附中毕业后，他选择去海外留学，凭海临风，跻身于时代洪流，成就了非凡人生。

2001 年，巴金获得诺贝尔文学奖提名，代表作有激流三部曲《家》《春》《秋》，小说《寒夜》，散文《随想录》等。

留在南京的印迹

巴金的青少年时期，得益于时代发展。清朝在 1905 年正式废除科举制度，这一禁锢人们头脑的桎梏被拆除，为天下读书人展示了一条新的道路。

1923 年，19 岁的巴金考入南京东南大学附属中学，与其三哥李尧林一起在这里读书。他性格腼腆内向，带着四川口音，与人交谈时，喁喁细语，宛若处子。

南京的夏天犹如火炉，冬天又特别阴冷，巴金常常被冻得直跺脚。读书累了，他会走出屋子，后门外有一片菜地，蔬菜瓜果的清香，让巴金顿感清爽。有时，他也会与三哥或同乡下几盘象棋，缓解学习的压力。

1925 年的夏天，巴金和三哥李尧林从东南大学附属中学毕业。巴金前往北平，准备投考北京大学，但未能如愿。

巴金在北平寓所里读到了鲁迅的《呐喊》，下定了献身文学的决心。1932 年 1 月 25 日，应友人之邀，巴金重返南京。他随身带着稿纸，想为中篇小说《海的梦》寻找创作灵感。此时，“一·二八”事变发生，被困南京的巴金，将《海的梦》改为一篇抗日小说。

一片诗心抚乡愁——余光中

余光中（1928 年 10 月 21 日—2017 年 12 月 14 日），当代著名作家、诗人、学者、翻译家，出生于江苏南京。

余光中一生从事诗歌、散义、评论、翻译，被誉为文坛的“璀璨五彩笔”。现已出版诗集 21 种、散文集 11 种、评论集 5 种、翻译集 13 种，共 40 余种，其诗作如《乡愁》，散文如《听听那冷雨》《我的四个假想敌》等，广泛收录于大陆及港台语文课本。

小时候，余家住在城北将军庙的一个小巷子里，小巷名叫龙仓巷。父母常带余光中去夫子庙，那里的热闹繁华，还有那里的美食，都给他留下了深刻的印象。

如果要评选在海峡两岸乃至整个华人世界具有广泛知名度的诗人、作家，余光中一定榜上有名。

南京是文心起跳的地方

余光中在南京秣陵路小学，度过了三年的快乐时光。最让他难以忘怀的，是学校组织去中山陵春游，那 392 级台阶，深深印刻在他年少的记忆里。

在他的心目中，中山陵“非常伟大”，对他也有着特别的吸引力。后来读金陵大学，他还经常和同学一起骑脚踏车去中山陵，领略东郊优美的自然风景。除了中山陵，雨花台、栖霞山、玄武湖也都留下过他的足迹。

中山陵
雨花台
栖霞山

不止一场乡愁

都说故乡和民族是诗人之根、诗人之魂。南京不仅是余光中先生停留在记忆深处的故乡，还是他“诗心起跳的地方”，对他来说有着非常特别的意义。

2002 年 5 月 20 日，南京大学百年校庆日，满头白发的老诗人回母校参加庆典，并在数千师生面前朗诵新作《钟声说》。

钟声说

大江东去，五十年的浪头不回头
浪子北归，回头已不是青丝，是白首
常青藤攀满了北大楼
是藤呢还是浪子的离愁
是对北大楼绸缪的思念
整整，纠缠了五十年
铁塔铜钟，听，母校的钟声
深沉像是母亲的呼声
呼迟归的浪子海外归来
缺课已太久，赶不上课了
却赶上母亲正欢庆百岁
玄武仍潋滟，紫金仍崔巍
惊喜满园的青翠，月季盛开
风送清馨如远播的美名
浪子老了，母亲却更加年轻
江水不回头，而大江长在
百年的钟声说，回来吧
我所有的孩子，都回来
回家来聚首共温慈爱
不论你头黑，头斑，或头白

动动手 一起集章吧

小朋友，你知道有哪些与南京名人有关的地点呢？

红楼梦

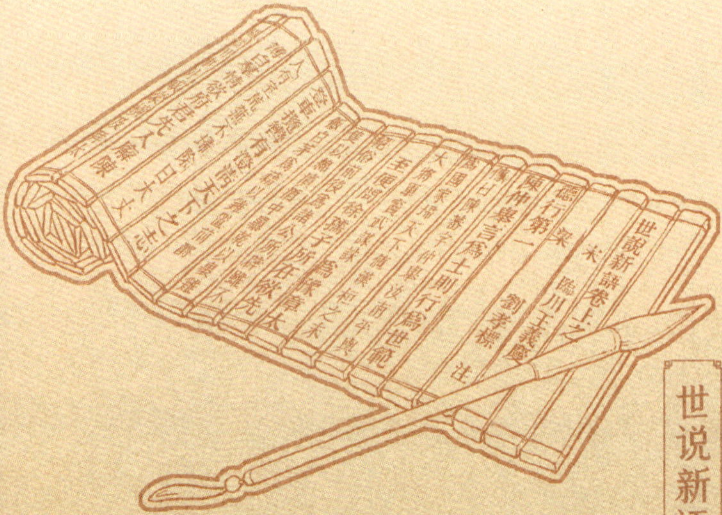

世说新语

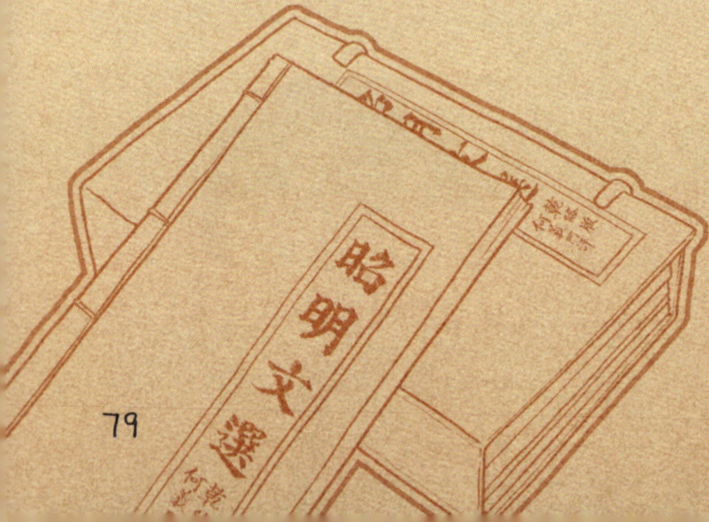

昭明文选

南京

经典永流传

文心雕龙

千字文

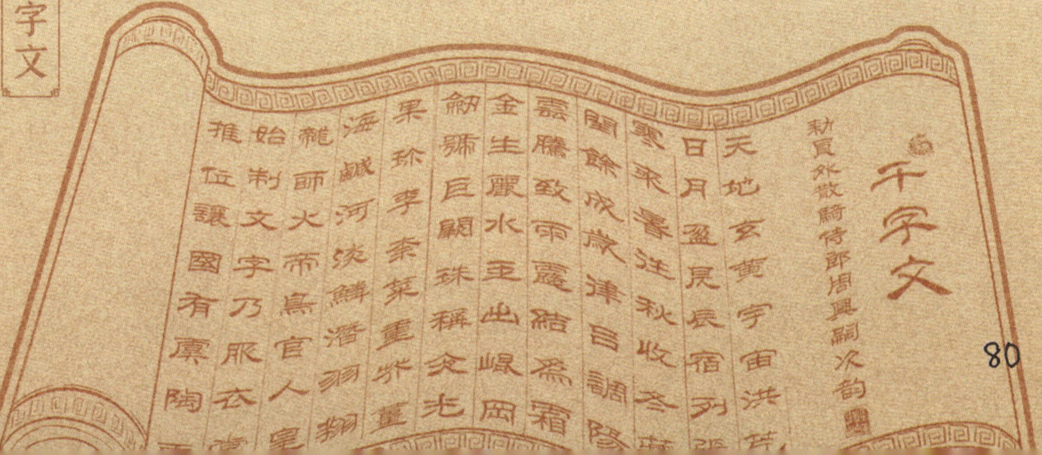

魏晋妙趣独一份——《世说新语》

在浩如烟海的中国古代典籍中，南朝宋临川王刘义庆所编的《世说新语》，是一部既清新隽永、妙趣横生，又经久耐读的经典名著，是我国最早的一部文言志人小说集。

对于南京人来说，欲了解六朝金陵的独特风味，这部《世说新语》是必读之书。

此书以人物轶事为中心，分为36个门类，顺序基本上仿照九品中正制的做法，由高往低排列。

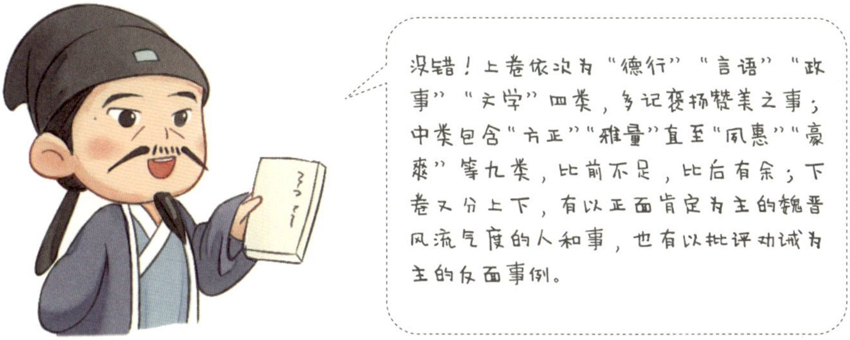
没错！上卷依次为“德行”“言语”“政事”“文学”四类，多记褒扬赞美之事；中类包含“方正”“雅量”直至“夙惠”“豪爽”等九类，比前不足，比后有余；下卷又分上下，有以正面肯定为主的魏晋风流气度的人和事，也有以批评劝诫为主的反面事例。

怪不得！《世说新语》是魏晋特殊时代的产物，可神往而无法复制，即使模仿者众多，却也无一能超越此书。
東堂詞
宋 毛滂

那些脍炙人口的成语

《世说新语》的篇幅虽然简短，但许多故事却脍炙人口，成了后来使用频率极高的成语或典故，并流传至今，依旧被人们大量使用着。

标新立异

志大才疏

管中窥豹

琳琅满目

期期艾艾

新亭对泣

《世说新语》中所记录的那些名人轶事，很多仍然可以在今天南京的名胜古迹中找到印记，正如魏晋风流也早已沉淀为南京文化的一部分一样。从这一点上说，《世说新语》不仅是南京贡献给世界的文学与文化名著，更是体现南京六朝文化光辉的传世名著。

旷世之论道文章——《文心雕龙》

钟山定林寺始建于南朝宋，到南朝梁时规模已非常庞大了。南朝著名文学家刘勰（约 465—约 520），正是在这里完成了他的不朽著作——《文心雕龙》。

《文心雕龙》是中国古代文学理论批评史上一部最杰出的著作，以结构严密、系统性强而著称，行文雅洁，文字优美，其眼光和水准已远超同时代的其他作品，可以说是“前无古人，后无来者”。

刘勰以“文心”二字作为书名，表明他对文学宏观理论的关注。至于“雕龙”的含义，则与齐梁之交的文坛争论有关，既充分肯定文学创作中的形式艺术之美，也有与裴子野的《雕虫论》分庭抗礼之意。

钟嵘
诗品
钟嵘选择自汉代至南朝梁的一百二十二位五言诗人，别其等第，著《诗品》。此书是现存最早的诗论专著，对后代诗话产生了深刻的影响，被视为历代诗话之祖。

沈约
棋品序
沈约为南朝梁武帝《围棋品》所作的序，论述了围棋的特点，阐明了名士以为"手谈"谓之"坐隐"的原因，从而高度评价了武帝《围棋品》一书的价值。

10:00
建康文学圈(5)
阿槑
各位好呀！欢迎大家来到建康文学圈！
钟嵘
幸会，我乃"颍川钟氏"之后钟嵘，字仲伟，是位文论家。我的《诗品》就是在建康文学圈的影响下有感而发的。群里有人吗？
谢朓
我多次与钟嵘谈论诗歌，情绪激昂。
王融
我与钟嵘讨论过声律问题。
沈约
我与钟嵘也有所接触！

建康作为南朝首都 汇集了当时最优秀的诗人

南齐永明年间，沈约、谢朓、王融等人在作诗中倡导“四声八病”，形式上追求四声调谐，避忌八病，追求对偶工整、辞藻巧艳。

中华美韵启幼学——《千字文》

我国传统启蒙教材——《千字文》，被公认为是世界教育史上现存最早、使用时间最长、影响最大的识字课本，与《三字经》《百家姓》合称“三百千”。它就诞生于南京，编纂者为六朝时期著名文人周兴嗣。

当年，南朝梁武帝希望子孙后代能多读点书，于是让周兴嗣将王羲之书法中的一千字编纂成一篇通俗易懂的启蒙读物，周兴嗣接受了这个任务并完美地完成了。

周兴嗣因出色地编写出《千字文》，解决了梁武帝的燃眉之急，深得梁武帝的欢心。

明代学者吕坤在谈到启蒙教育时说：“初入社学，八岁以下者，先读《三字经》，以习见闻；读《百家姓》，以便日用；读《千字文》，以明义理。”

《千字文》一夜著就　周兴嗣一夜白头

相传，周兴嗣接受任务后，回到家中，闭上房门，将王羲之的这一千个字的纸片分摊在桌上、床上乃至地上，逐字揣摩，反复吟诵。

入夜，万籁俱寂，透过方格窗纸，但见周兴嗣屋内烛光摇曳，人影浮动。

周兴嗣苦思冥想了一整夜，直到晨曦微露、金鸡报晓时，终将这一千个字联缀成一篇内涵丰富的四言韵书，这就是后来长期流传于世的《千字文》。

周兴嗣因用脑过度，一夜之间须发皆白。

文学瑰丽千载传
——《昭明文选》

现存最早的文学总集

《文选》由南朝梁武帝太子萧统组织编选，收录了先秦至梁的诗文辞赋七百余篇，是中国现存最早的 部诗文总集。萧统去世后，谥号“昭明”，所以又被称为《昭明文选》。

萧统自幼聪慧，酷爱读书，勤于著述，当时东宫号称有书近三万卷。因此，《文选》所收录的作品都是经典之作，后世再没有哪一部诗文选集可以替代其在中国文学史上的地位。

南朝诗人谢朓写过一首《入朝曲》，诗的开头两句是：“江南佳丽地，金陵帝王州。”对南京而言，这是恰如其分的评价。我们现在看到的最早记载这一诗句的古代典籍，就是南朝梁昭明太子萧统所编的《文选》。无论是有意还是无意，当南京与这部传诵千载的文学经典——《文选》结缘以后，后代人眼中的南京，便多多少少包含了一些书香与六朝繁华的底蕴。

传奇历史剧作——《桃花扇》

《桃花扇》是清代文学家、诗人、戏曲家孔尚任创作的传奇剧本，所写的是明代末年发生在南京的故事。全剧以侯方域、李香君的悲欢离合为主线，展现了明末南京的社会现实，歌颂了对国家忠贞不渝的民族英雄和底层百姓。

孔尚任（1648—1718），自幼习礼、乐、兵、农等学问，还考证过乐律，为戏曲创作打下了坚实的基础。康熙二十三年（1684）冬，他被破格授任国子监博士，次年去淮扬疏浚黄河海口期间，结交了前朝文人遗老，了解了侯方域、李香君以及弘光朝旧事，并亲临金陵寻访旧迹、探问轶闻，终成《桃花扇》。

《桃花扇》是一部接近历史真实的历史剧，重大事件均属真实，只在一些细节上作了艺术加工。以男女情事来写国家兴亡，是此剧的一大特色。该剧作问世三百余年来长盛不衰，已被改编成昆剧、黄梅戏、京剧、话剧等多个剧种，频频上演。梁启超曾言它“结构之精严，文藻之壮丽，寄托之遥深”，是“冠绝千古”之作。

悲欢离合《桃花扇》

明崇祯末年，复社骨干、“明末四公子”之一的侯方域来南京参加科举考试，落第未归，寓居莫愁湖畔。

经杨龙友介绍，他结识了李香君，两人情好日密。订婚之日，侯方域题诗扇为信物赠予香君。

当时隐居南京的魏忠贤余党阮大铖为挽回名声、拉拢复社，遂重金置办妆奁，托杨龙友赠侯李。此意图被李香君识破，遂点醒侯方域，退回了妆奁，阮大铖因此怀恨在心。

李自成攻占北京后，崇祯帝自尽，阮大铖等人在南京拥立福王登基，年号弘光，借机擅权乱政，排挤东林、复社士子。

时镇守武昌的宁南侯左良玉以“清君侧”为名，兵逼南京。因左良玉曾得侯方域之父提拔，侯方域遂写信劝阻，却被阮大铖诬陷通敌。侯方域为避害只身逃往扬州，投奔督师史可法，参赞军务。

阮大铖等人逼迫李香君改嫁漕抚田仰，李香君以死相拒，血溅诗扇。后杨龙友将扇面血痕点染成一幅桃花图，桃花扇由此而来。

阮大铖等人在赏心亭赏雪选妓时，李香君趁机痛骂，但仍被选入宫中教戏。香君遂托人将桃花扇带给侯方域，侯方域赶回南京探望，却被阮大铖逮捕入狱。

清军渡江，弘光朝廷大乱，李香君、侯方域各自出逃，皆避难栖霞山，终于相遇。后在张道士点醒之下，二人双双出家。

中国讽刺小说基石——《儒林外史》

《儒林外史》是清代小说家吴敬梓创作的长篇小说，描绘了各类人士对于“功名富贵”的不同表现，一方面揭示人性，深刻批判了当时吏治腐败、科举弊端、礼教虚伪等现象；一方面歌颂了少数人坚持自我的勇气，从而寄寓了作者的理想。

《儒林外史》代表着中国古代讽刺小说的高峰，它开创了以小说直接评价现实生活的范例。看似写的是这世间百态、人情冷暖，其实也暗藏了吴敬梓跌宕起伏的人生。

艺术源于生活

33 岁那年，吴敬梓举家迁至南京秦淮，由此开始了他艰难而伟大的创作生涯。当时，八股取士使许多知识分子堕入追求利禄的怪圈。吴敬梓在他的《儒林外史》里，以犀利的笔触鞭挞了这种腐朽的社会风气，显示出了他的民主主义思想色彩。

读尽诗书也枉然——《红楼梦》

南京，《红楼梦》的摇篮

要了解南京，必读中国古代四大名著之一的《红楼梦》。南京，是作者曹雪芹的故乡，是孕育《红楼梦》的摇篮。

曹雪芹（1715—1763），名霑，字梦阮，号雪芹，又号芹圃、芹溪。清朝小说家、诗人、画家。

曹雪芹幼年家世显赫，曹家在南京主政江宁织造数年，经历了从武功之家到诗书之家的转变，也经历了盛极而衰的命运。正是这种沧桑转变，使曹雪芹产生了创作冲动，也成为他的重要素材。

康熙二年（1663），曹雪芹的祖辈曹玺出任江宁织造，曹氏家族自此与南京这座古都结下不解之缘。

曹玺到南京后，十分敬业，很快扭转江宁织造署管理混乱的局面，受康熙帝赏识，将这一职位变成曹家世袭。

曹家的鼎盛状态是在曹雪芹祖父曹寅时，曹家逐渐成为一个书香世家，曹雪芹的诗人气质、丰厚的学养就是在这种家庭环境中培养和熏陶出来的。

后来雍正帝登基，不再像他的父亲康熙帝那样关照、偏爱曹家，他甚至讨厌这个家族，以各种借口找曹家麻烦。

雍正五年（1727），曹寅继承人曹頫因事株连，以亏空款项等罪名被革职、抄家，曹氏家族遂败落，被遣返北京。

《红楼梦》与南京云锦

南京云锦始于六朝而盛于元明清，清初在南京设立的江宁织造是我国织锦的最鼎盛时期。

曹家三代四人任江宁织造达 58 年之久，曹雪芹就是诞生在江宁织造府中，并在此度过了自己的童年，耳濡目染了这个世家所发生的一切，因此，他后来创作《红楼梦》时，有许许多多的人和事就是以江宁织造府中的人和事为蓝本的，其中不乏以南京云锦为服饰或实用物的。

《红楼梦》中梦金陵

曹雪芹对南京这座城市怀有深厚的情感，并将这种情感写进了作品《红楼梦》中。

文中作者借贾雨村之口这样介绍贾府：“去岁我到金陵地界，因欲浏览六朝遗迹，那日进了石头城，从他宅门前经过。街东是宁国府，街西是荣国府，二宅相连，竟将大半条街占了。”

《红楼梦》中写到的五大家族，贾家、甄家明确提到是南京人，王、史、薛三个家族也都在南京。

叶落归根，人在异乡，年老的时候希望回到故乡居住，即便是去世，也希望安葬在故土。在作品中，贾府的主要成员去世后都要将灵柩运回原籍安葬，而这个原籍，便是金陵。

在《红楼梦》中，金陵是心灵家园，是一个温暖的意象，当家族里的人遇到不开心的事情时，最先想到的就是金陵。

南京博物院

南京出版社

大报恩寺

文教中心的风华

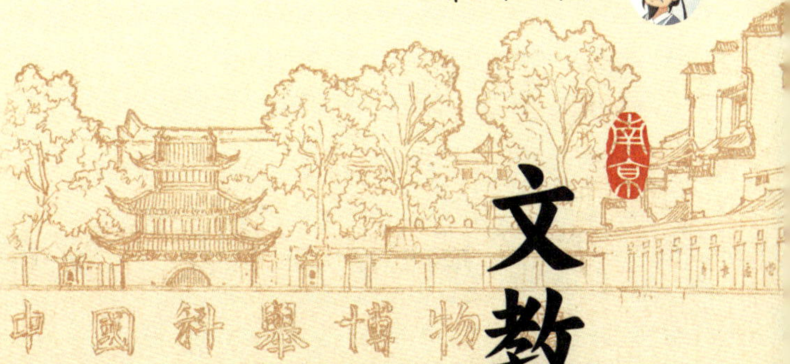

中国科举博物馆

先锋书店

南京图书馆

夫子庙——“天下文枢”的底气

南京夫子庙地处南京市秦淮区秦淮风光带核心区，主要由孔庙、学宫、贡院三大建筑群组成，为供奉祭祀孔子之地，是中国第一所国家最高学府、中国四大文庙之一。这里不仅是明清时期南京的文教中心，同时也是居东南各省之冠的文教建筑群。

夫子庙始建于东晋咸康三年（337），根据王导提议“治国以培育人材为重”，立太学于秦淮河南岸，1984 年后陆续修葺复建，1991 年被评为“全国旅游胜地四十佳”，现已列为市级文物保护单位。

天下文枢牌匾

南京夫子庙是中国古代文化枢纽之地、金陵历史人文荟萃之地。古往今来，无数文人墨客流连于此，留下三千多首名篇佳作；这里，曾经是绵延一千多年的学宫、书院和科举考试场所，为国家输送过大量经世济国之才。

在夫子庙棂星门前的广场上，耸立着一座木牌坊，是步入文庙的第一道大门。坊额上青底金字镌刻“天下文枢”四个字，选自唐代大书法家颜真卿的字帖，笔力浑厚遒劲，令人敬仰。

中柱楹联

“天下文枢”坊两侧中柱上挂的是乾隆皇帝撰写的楹联：

允矣斯文为古今中外君民立之极
大哉夫子会诗书易礼春秋集其成

外柱楹联

为作家刘宗意所撰：

源脉悠长诗礼江山昭日月
人文荟萃弦歌画舫又春秋

这些楹联歌颂了孔子儒学的源远流长、博大宏富以及对社会的巨大影响，赞誉了夫子庙深厚的历史文化底蕴和优美的人文环境。“天下文枢” 坊现已成为夫子庙的象征和标志。

老门东——老南京的人文缩影

金陵芥子园

老门东位于南京市秦淮区中华门以东，自古就是江南商贾云集、人文荟萃、世家大族居住之地，是城市的经济、文化中心。

芥子园位于老门东三条营，是清初名士李渔的居宅别墅。

李渔（1611—1680），初名仙侣，字谪凡，后改名渔，入清后迁居金陵。他是一个跨文学艺术的全才、通才，被誉为“中国的莎士比亚”“中国戏剧理论始祖”。他在芥子园中完成了《闲情偶寄》《无声戏》《一家言》等著作，度过了一生中最辉煌的时期。

其中《闲情偶寄》就足以奠定李渔在文学史上的地位。此书论述了戏曲、服饰、修容、园林、花卉、器玩、颐养、饮食等艺术生活现象，阐发了自己的主张，是古代生活艺术大全，名列“中国名士八大奇著”之首。

历史文化街区的风华

老门东历史文化街区是在保留大量历史建筑和文物保护建筑的基础上，改建了南京书画院、金陵美术馆、老城南记忆馆等“一院两馆”，融合历史文化、休闲娱乐、旅游景观于一体的文化街区。

老门东牌坊两旁有一副楹联，道是：市井坊间尽染六朝烟水气，布衣将相合书千古大文章。短短 22 个字，将历代南京人共建古城而创造的辉煌文化呈现得淋漓尽致。

世界文学客厅——观数字文都时空

世界文学客厅位于玄武湖畔、鸡笼山下，是南朝宋文帝建立的中国首个“文学馆”以及明末篆刻出版家胡正言居所“十竹斋”的旧址所在地。而今，这里延续千年文脉遗址余韵，打造成了一处开放多元、兼容并蓄的全球文脉之所。

它用文学小道串联文学馆、文学公园、文学山，用数字技术连接历史文脉和空间场所，让城市与山林交汇，文学与空间融合，成为文学之都空间建设的交流中心、展示中心和枢纽中心。

书店、阅读空间——在这里读懂南京

有人说，一座城市的灵魂，藏在书店中。

南京有新华书店、文都书店、大众书局、凤凰书城、先锋书店、万象书房、奇点书集等实体店 700 余家。在 81 家江苏最美书店中，南京占 18 席，名列全省第一。

文都书店

位于玄武区太平门街 53 号，是南京出版社旗下书店，也是全国第一家以“南京”为主题的城市书店。书店创新性地以南京历史文化书籍为重点，走进它，就像走进一个时光隧道，正娓娓道来南京的悠久历史。

大众书局

一家扎根南京多年的连锁书店，是民营书店里最早把书店当作品牌来经营的，也是第一家定位书店为零售业的民营企业。

凤凰云书坊

坐落于南京凤凰广场，是南京少数以“7x24 小时不打烊”为定位的特色书店，走的是用网络换空间、时间换读者的非常道。

奇点书集

坐落于南京羲和广场，汇集了书店、艺廊、美学生活馆、咖啡馆等多元时尚业态，目标是打造都市新生活社群热爱的文化公共空间。

万象书局

一家背靠南京大学，以“独立、学术、高校”为标签的学术型独立书店。往来不乏鸿儒，曲高却不和寡。

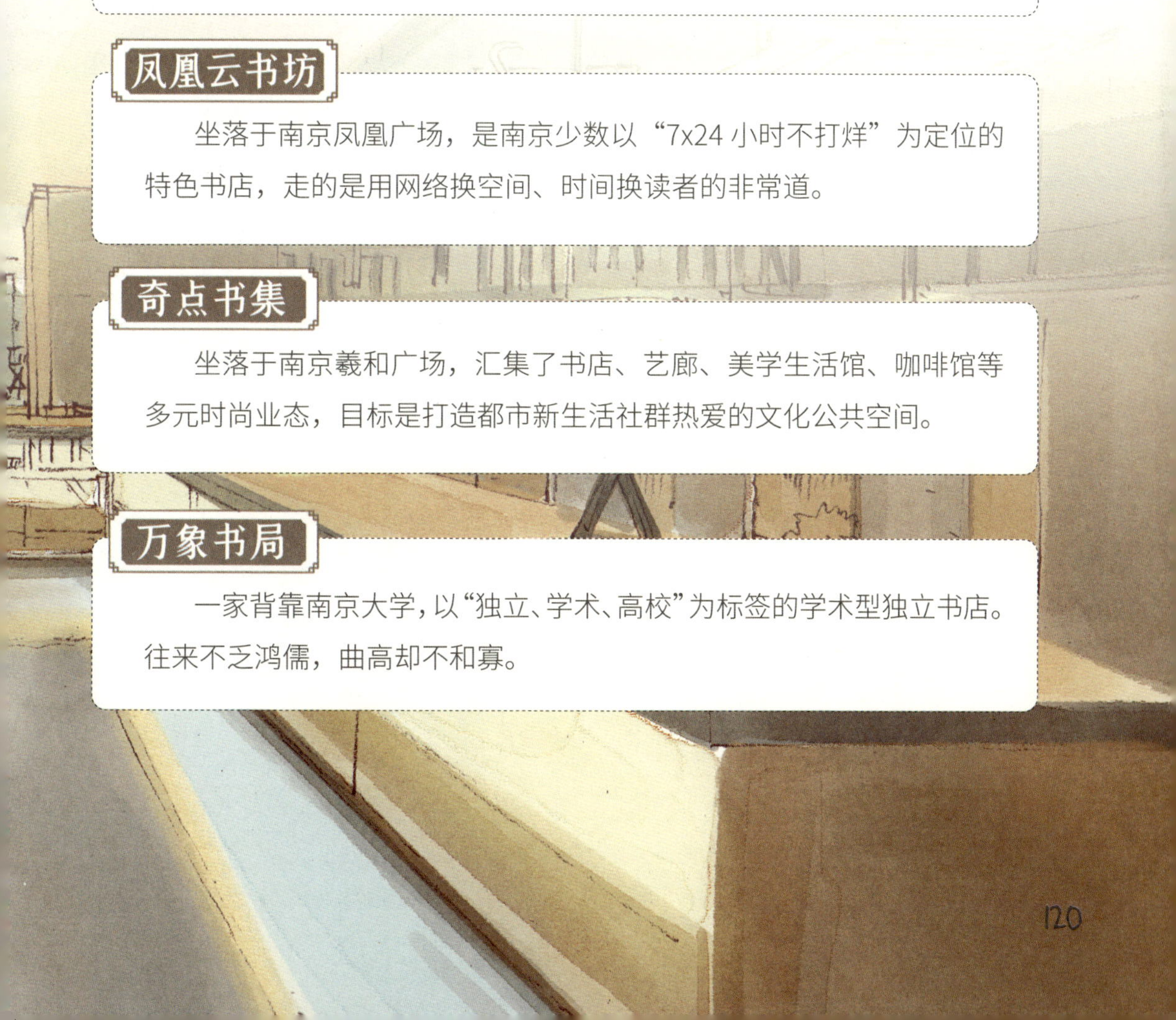

先锋书店

1996年在南京创立，是国内知名的民营学术书店之一，以“学术、文化沙龙、咖啡、艺术画廊、电影、音乐、创意、生活、时尚”为主要经营模式，每年举行近百场新书发布、文化讲座、艺术展览等活动，是南京重要的文化地标、名片，被誉为“中国最美的书店”。

先鋒書店
LIBRAIRIE AVANT-GARDE

图书馆——满足博览群书的心愿

金陵图书馆

金陵图书馆位于江苏省南京市建邺区滨江公园内，毗邻南京奥体中心，是副省级城市图书馆、国家一级图书馆、全国古籍重点保护单位。

金陵图书馆创始于 1927 年，2009 年新馆交付使用，内设阅览座位 1800 余个，并有报告厅、多功能厅、展览厅、视听室、培训、餐厅、茶室、停车场等配套设施，竭诚为社会各界服务。

南京图书馆

南京图书馆，前身为 1907 年创办的江南图书馆，是江苏省省级公共图书馆、首批全国古籍重点保护单位、首批国家级古籍修复中心。截至 2022 年，馆内藏书超 1280 万册，其中 631 种入选国家珍贵古籍名录。

博物馆——与文都的历史对话

南京博物院

南京博物院，是中国三大博物馆之一，是中国第一座由国家投资兴建的大型综合类博物馆。现为大型综合性的国家级博物馆、首批国家一级博物馆、首批中央地方共建国家级博物馆、国家 AAAA 级旅游景区、全国重点文物保护单位和中国 20 世纪建筑遗产。

江宁织造博物馆

江宁织造博物馆，位于江苏省南京市玄武区长江路 123 号，是在清代江宁织造遗址上建造的一座现代博物馆。这里曾是康熙、乾隆两位皇帝的行宫所在地，也是《红楼梦》作者曹雪芹出生和成长之地。馆内常设有江宁织造展厅、《红楼梦》曲展厅等，融文化学习、娱乐休闲于一体，是展示江宁织造、南京云锦及《红楼梦》历史和文化的新型博物馆。

中国科举博物馆

南京中国科举博物馆位于南京市秦淮区夫子庙秦淮风光带核心区，是以江南贡院历史遗迹为基础建设而成的，为国家一级博物馆。已开放的部分场馆包括博物馆地下三层，地上有明远楼、至公堂、魁光阁等，含11个展厅，是中国颇有特色的地下式博物馆。

南京云锦博物馆

1957 年，经江苏省政府批准建立了“南京云锦研究所”，这是新中国第一家工艺美术类研究所，全国唯一的云锦专业研究机构，承担着云锦继承和保护的历史重任。

2004 年，云锦研究所被批准正是成立“南京云锦博物馆”。博物馆主要展示以南京云锦文化为代表的中国民族织锦艺术。其中，南京云锦集历代织绵工艺艺术之大成，公认为“东方瑰宝”“中华一绝”，列中国四大名锦之首，是中国国家地理标志产品，也是中华民族和全世界珍贵的历史文化遗产。

大报恩寺遗址

大报恩寺遗址景区位于南京市秦淮区中华门外雨花路 1 号，是中国“规格最高、规模最大、保存最完整的寺庙遗址”。遗址保护性地展示了大报恩寺遗址中的千年地宫、三大殿遗址、画廊遗址，以及从地宫中出土的石函、铁函、七宝阿育王塔等世界级国宝。

六朝博物馆

六朝博物馆位于南京市玄武区长江路 302 号，是中国展示六朝文物最全面的遗址博物馆，也是反映六朝文化最系统的专题博物馆。该馆由世界著名建筑大师贝聿铭之子——贝建中先生领衔的贝氏资深设计团队担纲设计。展厅几乎没有石墙，而是用竹子、荷叶等植物置景进行隔断，再运用光影效果，达到视觉通透、移步换景之效，令人陶醉。

名校大学——厚植未来文学的力量

南京作为一座历史悠久的古都，一直以来都是文化、教育发展的中心。南京最早的办学史可追溯到三国东吴孙权所办的太学，正是这悠久的历史，让名校大学在南京扎根，厚植着未来文学的力量。

南京大学

前身是创建于 1902 年的三江师范学堂，1950 年更名为南京大学，1952 年调整出工学、农学、师范等部分院系后与金陵大学文、理学院等合并，仍名南京大学。目前南京大学位列国家“双一流”“985 工程”“211 工程”重点建设高校，是首批国家级双创示范基地，入选 A 类世界一流大学建设高校，15 个学科入选世界一流学科建设名单。

东南大学

肇始于1902年创建的三江师范学堂，2000年原东南大学、南京铁道医学院、南京交通高等专科学校合并，南京地质学校并入，组建新的东南大学。目前东南大学位列国家“双一流”“985工程”“211工程”重点建设高校，教育部首批“三全育人”综合改革试点高校，入选世界一流大学建设A类高校名单。

动动手 一起集章吧

群星闪烁的南京作家群

南京为中国当代文坛贡献了一大批知名作家。从老一辈的“探求者”群体，到20世纪80年代涌现出来的一大批文学名家，再到当下活跃在文坛的中坚力量，无论是出生、成长还是客居，他们都与南京结下了不解之缘，同时也构成了“南京作家群”这一独特的文坛风景。

这种现象表现在几个方面：

- 南京汇聚的作家数量多，声势浩大；
- 南京作家在文坛上的分量重，作品影响力大；
- 南京作家群创作门类齐全，各擅所长；
- 南京作家群和而不同，体现出人淡如菊的名士风；
- 南京作家群追去个性化的文学表达，最终形成了兼容并包的审美风格。

为什么当代南京，会出现这么多作家？

南京“土著”作家叶兆言说，一方水土养一方人，是南京的空气净化了他们，是南京的风水为他们带来了好运气。

南京作家最大的特点就是：他们都是一个个鲜活的作家，体现了作家的独立性，他们各自为政，散淡自由，每个人的作品都有自己清晰的面目，各自构建了自己的文学王国。

作家成群的南京，作家们尽管面目各异、趣味不同，但每一个个体都是鲜活而淡然的存在，他们写下的每一个字都是对“天下文枢”的香火延续，他们每一个人的努力都是在向这座“世界文学之都”致敬。